¡No quiero estudiar matemáticas!

Las mates son un rollo

A.P. Hernández

Sobre el autor:

Antonio Pérez Hernández es maestro de Educación Primaria (especialista en Educación Musical, Audición y Lenguaje y Pedagogía Terapéutica), pedagogo, Máster en Investigación e Innovación en Educación y Doctor, mención *cum laude,* por su Tesis Doctoral *Evaluación de la competencia en comunicación lingüística a través de los cuentos en Educación Primaria.*

Ha sido galardonado con un Accésit en el Premio de Creación Literaria Nemira y resultado Finalista en el Certamen Internacional de Novela Fantástica y de Terror Dagón.

Ha publicado más de 50 libros, los cuales han sido traducidos a siete idiomas: griego, alemán, portugués, italiano, inglés, francés y neerlandés.

En la actualidad combina su labor docente con la escritura.

Página web: http://aphernandez.com
Twitter: @ap_hernandez_
Instagram: @ap_hernandez_

CAPÍTULO 1

Las matemáticas son un rollo.

¿Acaso alguien tiene alguna duda?

Martín, desde luego que no.

Las Matemáticas son la peor asignatura del mundo y, además, la que menos sentido tiene.

Martín puede comprender que en el colegio lo obliguen a estudiar Lengua. Al fin y al cabo, la Lengua sirve para muchas cosas, como por ejemplo para leer las misiones de un videojuego o para leer los subtítulos de una película de dibujos animados que esté en otro idioma.

Martín también puede llegar a entender que su maestra lo obligue a estudiar cosas sobre los animales, pues a todo el mundo le gustan los animales y hay algunos muy curiosos como, por ejemplo, la mofeta o los loros que cantan.

Martín también está de acuerdo en que lo obliguen a estudiar Música, pues cantar es divertido y tocar la flauta, también.

Y, desde luego, también está a favor de dar Educación Física en el colegio, pues tener una buena forma es muy importante para llegar a ser futbolista.

Pero, ¿por qué estudiar matemáticas?

¿Para qué sirven exactamente?

Martín entiende que es importante conocer los números para así, en un videojuego, saber los puntos de salud, ataque y defensa que tienes. Y Martín también comprende que los números son importantes para encontrar las casas de tus amigos, como por ejemplo la casa de su mejor amigo Enrique, que vive en el n.º 15 de la calle Miguel Hernández o de su segundo mejor amigo, Rodrigo, que vive en el piso 5C del Edificio Vistazul (es decir quinta planta, piso C).

¡Pero ya está!

¡Todo lo demás es una tontería!

¿Para qué tiene que estudiar los números múltiplos? ¿Para qué tiene que estudiar las tablas de multiplicar? ¿Para qué tiene que saber lo que es un número primo?

Todas esas cosas solo son importantes si vas a un concurso de televisión y Martín, desde luego, no tiene intención de ir a ninguno.

Así pues, ¿por qué estudiar matemáticas?

Martín lo tiene bien claro: ¡LAS MATES NO SIRVEN PARA NADA!

¡Oh, me equivoco!

¡Sí que sirven!

Sirven para una cosa: ¡para dar dolores de cabeza!

Solo para eso.

Por su culpa, la pobre cabecita de Martín está a punto de estallar.

Su maestra Paula ya le enseñó a sumar y a restar sin llevadas. Luego, su otra maestra Josefina le enseñó a sumar llevando y luego, como si no tuvieran bastante, le enseñaron a hacer problemas. Y el pobre Martín tuvo que hacer un montón de problemas muy tontos.

Créeme.

Problemas muy, pero que muy tontos.

Algunos ejemplos de problemas tontos son:

- Si Juan tiene diez chocolatinas y le da cuatro a su amigo, ¿cuántas chocolatinas le quedan a Juan?

Vamos a ver.

En primer lugar, ¿quién es Juan?

¿Y por qué tiene que importarle a Martín lo que ese tal Juan haga con sus chocolatinas?

Eso será asunto suyo, ¿no?

Y si no sabe las chocolatinas que le quedan al final, pues que no vaya por ahí regalándoselas a sus amigos. ¡Que se las coma todas y punto!

Pero es que el pobre Martín ha tenido que hacer muchos problemas así.

Como, por ejemplo:

- **Federico quiere comprase un oso de peluche que vale 17€. Si paga con un billete de 20€, ¿cuánto dinero le sobra?**

Ese es otro problema sin sentido. Otro problema muy tonto.

Si Federico no sabe el dinero que le sobra, pues que pague con tarjeta. ¡Y ya está!

¿Lo ves?

Martín tiene razón.

Las matemáticas no sirven para nada.

Y por eso Martín ha tomado una decisión: a partir de hoy no va a estudiar matemáticas.

Cada vez que su maestra intente explicar algo de matemáticas, él va a cerrar los ojos y se va a tapar los oídos. Cada vez que hablen de un problema tonto, va a dejar la mente en blanco. Y, por supuesto, cada vez que le obliguen a estudiarse las tablas de multiplicar, se va a negar.

¡Las matemáticas no sirven para nada!

CAPÍTULO 2

Martín lleva ya dos semanas sin estudiar matemáticas.

Y la vida le sonríe.

El espacio de su cerebro que antes estaba ocupado por números, sumas, restas, multiplicaciones y divisiones sin sentido ahora está libre y Martín puede llenarlo con cosas importantes de verdad, como por ejemplo las evoluciones de los pokémones.

Así, mientras sus compañeros pierden el tiempo en estudiar las tablas de multiplicar, Martín lo invierte en memorizar la lista de evoluciones:

—*Bulbasaur* evoluciona a *Ivysaur* y luego a *Venusaur* —repite mentalmente mientras sus compañeros corean en clase la tabla del cinco—. Y Rattata evoluciona a Raticate. Y Abra a Kadabra y luego a Alakazam.

¿Lo ves?

Ahora Martín puede estudiar cosas así de importantes y luego, cuando juegue con sus amigos a las cartas Pokémon, los machacará a todos.

Martín está tan decidido a no volver a estudiar matemáticas que, cuando un número acude a su mente, cierra los ojos muy fuerte hasta que desaparece.

Y lo mejor es que ya ha olvidado todo lo que ha aprendido de matemáticas.

Ya no sabe si el número 56 se escribe junto o

separado, no sabe lo que es una decena, ni una centena, no se acuerda de cómo se hace una suma con llevadas y lo mejor de todo es que **¡NO LE IMPORTA NADA!**

No le importa olvidar esas cosas porque **¡LAS MATEMÁTICAS NO SIRVEN PARA NADA!**

CAPÍTULO 3

Es sábado.

El lunes Martín tiene un examen de las tablas de multiplicar, pero, por supuesto, no piensa estudiar lo más mínimo. En lugar de eso, está acostado en el sofá, con la cabeza apoyada en el reposabrazos y las piernas bien estiradas en el respaldo.

Su gato Peluche está tumbado a su lado. Llevan holgazaneando juntos toda la mañana y, por eso, su madre Leticia se planta delante de él y le dice muy seria:

—¡Ya está bien de hacer el vago! —Martín se restriega los ojos. Le duele la espalda de estar tanto tiempo así tumbado—. Si no tienes nada que hacer del cole, quiero que me ayudes.

Martín y Peluche, como si se hubieran puesto de acuerdo, abren la boca y bostezan. Martín abre mucho la boca, pero su gato le gana.

—Vale, mamá —dice, todavía adormecido—. ¿Qué quieres que haga?

Leticia se mete la mano en el bolsillo de sus vaqueros y saca un billete de color dorado. Aparece un número escrito, pero a Martín le da igual. Esas cosas ya no le importan.

—Toma. —Su madre, tras dudar un segundo, se lo da—. Quiero que vayas al súper y compres pan, leche desnatada, masa para hacer pizza y unas magdalenas para la merienda.

Martín se pone en pie. Todavía está medio dormido, así que se estira.

—Vale, mamá.

—¡Guárdate bien el billete! —le indica Leticia—. Es mucho dinero, ¡así que no lo pierdas!

Martín mira el billete. Es dorado y tiene dos números grandes escritos: un 5 y un 0.

—¿Es un billete de quinientos euros? —le pregunta.

Leticia comienza a reír.

—¡Qué cosas tienes, Martín! —Le revuelve su pelo rizado—. Es un billete de 50 euros.

CAPÍTULO 4

Martín llega al supermercado y coge una cesta. Ya tiene ocho años, así que es mayor y puede hacer cosas de mayores, como hacer la compra.

Normalmente siempre va con su madre o con su padre, pero como están muy ocupados, hoy va él solito. ¡Como un campeón!

Martín arrastra la cesta con ruedas por el supermercado. Hay muy poca gente y eso le gusta porque así puede andar y verlo todo con más tranquilidad.

Se dirige a la zona del pan, pero hay un montón de panes. Hay panes redondos, panes rebanados, panes para bocadillos y panes muy blanditos. Y todo ello por no hablar de los panes de trigo, de centeno y de maíz.

¡Menudo lío!

Pero lo peor son los números que hay en las etiquetas debajo de los panes. Son números muy grandes, pero Martín ya no se acuerda de cómo se leen, así que…

—¡Pues me llevo este! —Y lo mete en la cesta.

Luego se dirige a la sección de la leche. De nuevo, hay un montón de cartones de leche. Como Martín no sabe leer el precio, coge la que más le gusta.

—¡Esta es divertida! —Y coge un cartón en el que aparece la cara de una vaca muy sonriente.

Y luego va a por las magdalenas. Martín coge las más gordas sin reparar en la oferta de "2x1. Llévate dos y paga una".

Por último, coge la masa de la pizza y se dirige a la caja a pagar.

La cajera del supermercado le sonríe y, mientras escanea los productos, le dice:

—¿Qué tal estás, Martín? ¿Cómo es que vienes hoy solo?

—Mi madre está cocinando —le explica—. Además, ya soy mayor. Tengo ocho años.

La dependienta le mete los productos en una bolsa y le dice:

—Son quince euros.

A Martín eso le da igual. Son números, y los números no sirven para nada. Simplemente se limita a sacar su billete de 50.

La dependienta lo coge y le devuelve tres billetes.

Martín está muy contento. No hace falta ser un lince en matemáticas como para saber que ha salido ganando con el cambio porque antes tenía un billete y ahora tiene tres. ¿No es genial?

CAPÍTULO 5

Martín vuelve a casa con la compra y la deja encima de la mesa de la cocina.

Su madre deja a un lado la lechuga que estaba troceando, se limpia las manos en el delantal y procede a examinar lo que ha comprado.

—Vamos a ver… —Mete la mano en la bolsa y comienza a sacar las cosas—. Esta leche es muy cara, hijo —le dice—. Y las magdalenas estas… ¿no estaban en oferta?

Martín se encoge de hombros.

—Creo recordar que estaban a 2x1, ¿no te has fijado en el cartel?

Martín se vuelve a encoger de hombros. A él los números ya no le interesan.

—Bueno... sigamos... Esta masa de pizza... ¡Por Dios, Martín! Es carísima también. Por este precio podrías haber comprado tres de las de siempre... Y este pan es enorme... Pero bueno, lo has hecho bien.

Martín sonríe y le devuelve a su madre el dinero que le ha sobrado.

Su madre abre mucho los ojos, como un búho.

—Pero... pero... —Comienza a examinar el tique de compra—. Pero... ¡aquí falta dinero!

—No es posible —se defiende Martín— porque yo le di un billete y ella me ha devuelto tres. ¡Así que hemos ganado dinero, mamá!

Leticia suspira, llevándose las manos a la

cabeza.

—A ver, Martín —se encorva y le mira a los ojos muy de cerca—. Si la compra ha costado quince euros y pagas con un billete de cincuenta, ¿cuánto te tienen que devolver?

Martín aprieta mucho los dientes.

Esa pregunta se parece mucho a uno de esos tontos problemas de matemáticas que le obligaban a hacer en el colegio, solo que ahora no está en clase, sino en la "vida real".

—No lo sé.

—A ver, Martín. —Su madre tiene mucha paciencia y se lo vuelve a explicar—. Si cuesta quince y das cincuenta, solo tienes que hacer una resta, y el resultado es treinta y cinco.

Martín no comprende nada.

—¿Cuánto dinero hay aquí? —le pregunta, extendiéndolo sobre la palma de sus manos.

Martín solo sabe que hay tres billetes de color gris, pero no sabe nada más porque ya lo ha olvidado todo sobre las matemáticas.

—Aquí hay tres billetes de cinco euros, lo cual quiere decir que, si los sumas, te han devuelto quince euros.

Martín traga saliva. Sigue sin enterarse de nada.

—Eso significa, hijito, que la dependienta se ha equivocado con la vuelta. ¡Le han faltado veinte euros!

Por suerte, la cajera del supermercado es amiga de Leticia y tiene su número de teléfono, así que la llama y habla con ella.

Su madre tenía razón.

Se había equivocado y le faltaban veinte euros.

Así que Martín tiene que volver al supermercado a por el dinero.

CAPÍTULO 6

Es domingo por la mañana y Martín queda con Enrique, su súper mejor amigo, para dar un paseo por el parque.

Pasear siempre le viene bien, y además así saca a su perrita Nevada para que estire las patas.

¡Oh, sí! Martín, además de tener un gato, también tiene una perrita. Pero no se llevan como el perro y el gato, sino que son súper amigos, igual que Enrique y él.

—¿Cómo estás, Martín? —lo saluda Enrique.

Su mejor amigo está sentado en un banco del parque y tiene una hoja entre las manos. Martín sabe muy bien de qué se trata: son las tablas de multiplicar. Su maestra Paula les ha dado a todos una hoja plastificada con las tablas de multiplicar.

Enrique, a diferencia de Martín, está estudiando para el examen de mañana.

—¿Cómo llevas las tablas? —le pregunta cuando toma asiento—. ¿Te sabes ya la tabla del cinco?

Martín se encoge de hombros y pone cara de "las mates son un rollo".

—No estoy estudiando —le dice, acariciando a Nevada detrás de las orejas—. Las matemáticas no sirven para nada, así que he decidido no estudiar nunca más.

Enrique da un respingo.

—Sacarás un cero, Martín. Y la maestra Paula dijo que es un examen muy importante. Y además es un examen oral, que son los más importantes de todos. Nos preguntará las tablas de uno en uno, delante de todos los compañeros…

Martín pone los ojos en blanco.

—¡Pues anda que a mí! —le dice, encogiéndose de hombros—. Me da igual sacar un cero porque un cero es otro número y los números no sirven para nada.

Tras unos minutos, Enrique y Martín deciden dar una vuelta por el parque. Es un parque muy bonito con columpios, toboganes y hasta con una especie de puente construido con cuerdas que conecta dos pequeñas torres. Pero lo mejor, sin duda, es el estanque de los patos.

A Enrique y a Martín les gusta pasear alrededor del estanque, contemplando a las hermosas aves. Algunas veces hasta se llevan gusanitos para darles de comer.

—¡Hay patitos pequeños! —indica Martín.

En efecto, los patos han tenido bebés patos. Y hay un montón. Martín comienza a contarlos:

—Un pato, dos patos, tres patos, cuatro pa...

—Hay treinta y cinco patos —le interrumpe Enrique.

Martín lo mira con los ojos muy abiertos.

—¡Eres un mentiroso! —le dice, riéndose—. Es imposible que los hayas contado tan rápido.

Enrique sonríe.

—Es que no los he contado.

Martín se queda de piedra. Hasta Nevada parece sorprendida.

—Lo que he hecho ha sido una multiplicación.

Martín siente un sudor frío en la espalda. Otra vez las matemáticas volvían a manifestarse en su vida.

—Mira, Martín —le explica Enrique, como si fuera el maestro y Martín, su alumno—. Fíjate en que cada pareja de patos ha tenido tres patitos, ¿los ves?

En efecto, Enrique estaba en lo cierto. Cada mamá y cada papá patos habían tenido tres bebés patos.

—Pues como hay siete parejas de patos, tan

solo hay que hacer una multiplicación: cinco por siete igual a treinta y cinco.

—¡Eres un mentiroso! —Martín no se cree nada. Su amigo le está tomando el pelo y ya está. A veces Enrique es muy chistoso.

Justo en ese momento comienza a sonar la alarma del reloj digital de Enrique.

—¡Uy, vaya? Es la una y media —le dice—. Tengo que irme a comer. ¡Nos vemos mañana en clase, Martín!

Y Enrique se va.

Martín mira a Nevada a los ojos y le dice:

—Ahora vamos a contar nosotros los patos, verás como no hay treinta y cinco.

Y así lo hace:

—Un pato, dos patos, tres patos, cuatro patos, cinco patos…

Pero los patos no se están quietos y Martín pierde la cuenta y tiene que volver a empezar desde el principio.

Tras casi media hora de contar patos, Martín llega a una conclusión:

—Enrique tenía razón. —Y apenas puede creerlo—. Hay treinta y cinco patos.

CAPÍTULO 7

Una semana y varios suspensos más tarde, Martín tiene un cumpleaños.

Es el cumpleaños de Rodrigo, su segundo mejor amigo.

Y ha invitado a todos sus compañeros de clase: Martín, Enrique, María, Estela, María del Mar, Loli, Francisco, Adam... Y muchos más porque en la clase de Martín son un montón.

Pero, para suerte de todos, Rodrigo tiene un patio muy grande, y allí sus padres han puesto una mesa muy larga con patatas fritas, refrescos, sándwiches y saladitos.

Los sándwiches favoritos de Martín son los de *Nocilla*. Y mientras sus amigos hablan, él aprovecha para comer. Ya se ha comido tres.

Rodrigo está sentado en un extremo de la mesa y Martín está sentado a su lado. Enrique está delante de él y está comiendo un sándwich de chorizo con queso.

—¡Cuánta gente hay! —se sorprende Rodrigo—. Somos veinte, ¿a que es increíble?

—Mucho —dice Martín, metiéndose las migas de pan que se le han resbalado por la barbilla al hablar—. Súper increíble.

Y antes de que nadie se le adelante, coge otro sándwich de *Nocilla*.

—Hay comida de sobra —le dice Rodrigo, llevándose un puñado de patatas fritas a la boca—. Todavía hay pan para diez sándwiches más.

Martín mira la bolsa de pan de molde que hay en medio de la mesa.

—¿Y cómo sabes que hay para diez sándwiches?

Rodrigo da un trago a su refresco.

—Fácil: porque en la bolsa del pan de molde pone que hay veinte rebanadas, y como para hacer un sándwich se utilizan dos, pues he dividido veinte entre dos, igual a diez o, lo que es lo mismo, he calculado la mitad de veinte, que son diez.

—Pero si cada sándwich se divide en dos mitades, entonces saldrían veinte medios sándwiches —apunta Enrique—. Y todo el mundo podría comer uno más.

Enrique y Rodrigo se ríen mientras Martín pone cara de enfadado.

Otra vez más las malditas matemáticas vuelven a aparecer.

Pero Martín engulle su sándwich y se olvida del asunto.

Un poco más tarde, María se acerca a Martín.

—Acompáñanos —le dice con voz muy misteriosa.

Martín mira a Elizabeth y a Irene, que está detrás de María. Las dos sonríen y parecen muy entusiasmadas.

—Voy.

Martín las acompaña y entran en la sala de estar de la casa de Rodrigo.

—Le estamos preparando una sorpresa a

Rodrigo —le explican—. ¡Mira!

Y Elizabeth le enseña una tarta de chocolate que tiene una pinta deliciosa. Si por Martín fuera, se la comía él solito de una tacada.

—¡Ayúdanos, anda!

María comienza a poner las velas que hay en una bolsita de plástico. Las coge y las deposita con mucho cuidado sobre la tarta: una vela, dos velas, tres velas…

—¡Vaya! —protesta—. Me he quedado sin velas. Martín, haz el favor de ir a la cocina y termina tú de ponerlas.

Y todos se ponen manos a la obra. Sus amigos comienzan a recoger la mesa mientras Enrique entretiene a Rodrigo para que no sospeche nada. Todos quieren ver su cara cuando aparezca la tarta ¡Va a ser genial!

Martín va a la cocina y encuentra una bolsita llena de velas. Hay un montón, así que empieza a ponerlas igual que ha hecho María.

—¡Toma, Martín! —le dice Elizabeth, dándole una caja de cerillas—. ¡Enciéndelas! ¡Venga, que ya está todo listo!

Y así lo hace.

Martín las enciende todas. Hay tantas velas que eso parece una fogata.

Y, cuando comienzan a cantar el cumpleaños feliz, Martín sale por la puerta con la tarta.

Todos sus amigos dejan de cantar y, anonadados, contemplan la tarta que Martín lleva entre sus manos o, mejor dicho, contemplan las innumerables velas que arden sobre la tarta.

Hay tantas velas, que una humareda negra se eleva hacia el cielo.

Martín camina hasta Rodrigo y, con una sonrisa, deposita la tarta delante de él. Pero Rodrigo no sonríe, más bien parece preocupado por si semejante cantidad de velas pudieran provocar un incendio.

Y María y Elizabeth tampoco sonríen. Por el contrario, miran a Martín con cara de pocos amigos.

—Pero, ¿cuántas velas hay aquí? —pregunta Rodrigo.

Todo el mundo escucha la conversación, en silencio.

—No lo sé —dice Martín.

María se levanta de su silla y se acerca hasta Martín.

—¡Menudo desastre has hecho! —le recrimina—. Lo único que tenías que hacer era poner las velas y... y... ¡Por Dios, Martín! ¿Es que no sabes que Rodrigo cumple ocho años? ¿Es que no sabes que solo había que poner ocho velas? ¡Una vela por cada año! ¡No era tan difícil!

—Es que tú habías puesto ya unas velas y como no sabía las que faltaban...

—Yo puse tres velas —le explica muy enfadada— y había que poner ocho. Ocho menos tres igual a cinco, Martín. ¡Cinco! Faltaban cinco velas para sumar ocho. ¿Es que acaso no sabes matemáticas?

Martín traga saliva. Está muy avergonzado. Siente todas las miradas de sus compañeros sobre él.

—Lo siento —dice.

—No pasa nada. —María comienza a quitar velas hasta dejar solo ocho—. Ya está. ¡Arreglado!

Volvieron a cantar el cumpleaños feliz y luego se comieron toda la tarta.

Martín, como se siente tan mal por lo que ha hecho, ha perdido el apetito, así que solo repite plato dos veces.

CAPÍTULO 8

Ha llegado el verano y con él, el calor.

Y Martín no soporta el calor, de hecho, detesta el calor casi tanto como las matemáticas.

Pero todo va a cambiar a partir de hoy porque… ¡Va a tener una piscina!

Sí, sí, como lo oyes.

¡Una piscina!

Y no hablo de una piscina desmontable de quita y pon, hablo de una PISCINA DE LAS DE VERDAD.

Para combatir el calor, sus padres han contratado a unos señores para que construyan una piscina en el jardín de su casa. Y eso es perfecto, porque el jardín de la casa de Martín es muy grande y tiene espacio de sobra como para hacer una buena piscina.

Los constructores le han dicho que va a ser una piscina preciosa.

—Aquí caben cien mil litros, muchacho —le dijo uno de ellos—. ¡Vas a poder bañarte con todos tus amigos!

Y así lo piensa hacer. Cuando la piscina esté terminada, va a invitar a todos sus amigos y va a hacer una fiesta por todo lo alto.

Pero la construcción de una piscina va lenta. Muy lenta.

Pasan los días y la piscina no está terminada.

Martín se pasa el verano viendo a los trabajadores. Habla con ellos, les cuenta chistes y, si lo dejan, les echa una mano. Una vez le llevó a uno una pala, y otro día estuvo ayudando con una carreta para transportar la tierra que sobraba. Pero la carreta pesaba mucho y se le cayó, así que ya no ayudó más. En lugar de eso, preparó limonada con su madre y se la ofreció a los constructores para que se refrescaran.

Y así pasan los días hasta que, por fin, la piscina está lista.

¡Se ha quedado reluciente!

Tiene unos hermosos escalones que conducen a la parte menos honda y todo está cubierto de hermosos azulejos que, bajo la luz del sol, brillan como zafiros.

Solo queda llenarla, de modo que Martín coge una manguera, la conecta al grifo del patio y la introduce en la piscina. Luego, abre el grifo.

Martín ve cómo el agua comienza a llenar su nueva piscina y sonríe de oreja a oreja.

Sin dudarlo, corre hacia su habitación, coge el teléfono y empieza a llamar a todos sus amigos.

—Enrique —le dice, sin disimular la emoción en su voz—. Mi piscina ya está lista. Avisa a todo el mundo. Esta tarde, a las cinco, fiesta inaugural de piscina. ¡Tráete flotadores, toallas y todo lo que puedas!

Y, tras Enrique, Martín llama a Rodrigo, y después a Elizabeth, y luego a María, y luego a Irene, y a Marcos, y a Julián, y a Estela y a…

CAPÍTULO 9

La fiesta inaugural está a punto de comenzar. Todos sus amigos están entrando por la puerta.

Enrique ha traído una colchoneta hinchable gigante.

Estela viene con dos manguitos rosas porque no sabe nadar y no quiere ahogarse.

Rodrigo se ha traído un balón para jugar al waterpolo.

Elizabeth viene equipada con una colchoneta inflable con forma de flamenco. Es un flamenco súper mega gigante y, además, muy realista. Tiene la punta del pico negro, dos enormes ojos y un cuello largo para agarrarse.

Estela ha traído refrescos para beber mientras se bañan e Irene viene preparada con un juego de voleibol hinchable que incluye red y todo.

Todos vienen preparados con el bañador y Martín, como buen anfitrión, conduce a sus amigos hasta la puerta del patio trasero.

—Amigos míos —les dice, lleno de orgullo—, espero que estéis listos para el mejor baño de vuestras vidas.

Martín abre la puerta y extiende la mano hacia la piscina.

—¡Que empiece la fies…!

No termina la frase.

Todos se quedan con la boca abierta.

A Rodrigo se le resbala el balón de las manos

y Elizabeth deja caer su flamenco gigante como si, de repente, hubiera perdido la fuerza en los brazos.

Estela se lleva las manos a la cabeza, como si acabara de ver a un fantasma.

—La piscina —empieza a decir María—. ¡No tiene agua!

Martín sabe que eso es imposible, pues esa misma mañana puso la manguera para que se llenara.

Corre al grifo y comprueba que está abierto, pero…

—La piscina está casi vacía —se dice, sin poder creerlo—. ¿Cómo es posible?

El agua sale de la manguera, pero hay tan poca, que apenas ha formado medio palmo.

—Con tan poca agua no nos podemos bañar —le dice Elizabeth.

—Yo... yo... —Martín no sabe qué decir—. Creía que estaría llena...

—¿Sabes cuántos litros tiene? —le pregunta Enrique.

—El constructor me dijo que caben cien mil

litros —recuerda Martín.

Enrique se lleva las manos a la barbilla, pensativo.

—Pues si caben cien mil litros y, de media, un grifo abierto suelta veinte mil litros de agua al día… Sería hacer una división… Cien mil entre veinte mil es igual a cinco.

Martín no entiende nada.

—Eso quiere decir —le explica— que la piscina no estará llena hasta dentro de cinco días.

Y la gente comienza a marcharse.

—¡Pues vaya! —protesta Elizabeth, arrastrando su flamenco tras sí.

—¡Y yo que vengo andando! —dice Estela.

Todos se van muy decepcionados.

Y Martín se queda solo.

Está enfadado… enfadado consigo mismo.

Martín se encierra en su habitación y comienza a llorar.

Desde que dejó de estudiar matemáticas ha pasado mucha vergüenza.

Recuerda la facilidad con la que Enrique contó los patos en el parque mientras que él estuvo allí casi media hora.

Recuerda cómo no supo leer el precio de los productos cuando fue al supermercado.

Recuerda que no se dio cuenta de que le faltó dinero cuando hizo la compra.

Recuerda cómo en la fiesta de cumpleaños, Rodrigo fue capaz de decir los sándwiches que podría hacer con tan solo echar un vistazo a la bolsa del pan de molde.

Recuerda la cara que pusieron todos cuando no supo poner las velas que faltaban en su tarta de cumpleaños.

Y ahora esto.

Ha hecho venir a todo el mundo a su casa para bañarse cuando la piscina no estaría llena hasta dentro de varios días.

Y todo por culpa de las matemáticas.

No.

Mejor dicho.

Y todo por culpa de no saber matemáticas.

Martín ha comprendido que las matemáticas sí sirven para algo. Martín ha comprendido que las matemáticas están tan presentes en la vida como las montañas, los pájaros o el aire que respira.

Martín se enjuga las lágrimas que resbalan por sus mejillas y coge las tablas de multiplicar que su maestra Paula le dio hace ya tanto tiempo.

—Uno por uno es uno —comienza a estudiar—. Uno por dos, dos. Uno por tres, tres...

FIN

Gracias por leer este libro.

Si te ha gustado, no olvides dejar tu opinión en Amazon. Solo te llevará unos minutos y servirá para que potenciales lectores sepan qué pueden esperar de esta obra.

Muchas gracias.

Descubre todos los libros de Antonio Pérez Hernández en

www.aphernandez.com

Libros de actividades para niños

Made in the USA
Coppell, TX
07 February 2024